AF357171

PROCEZ GALANT,

ENTRE

L'AMOUR

ET LE

CAPRICE.

A COLOGNE,

Chez PIERRE DU MARTEAU.

M. DC. LXXVIII.

A FILOMELLE.

L'Amour & le Caprice qui font l'Ame des Juges, n'ont voulu confier à leur Tributaires, la Decifion de leur Procés. La caufe en eft incognuë & leur propres Agens femblent l'ignorer. Mais apres une recherche tres-exacte, je crois d'avoir devoilé le miftere qui eft, que ny la rai-on ny la bienfeance ne fouffrent que les Vaffaux & Sujets ufe-roint de l'authorité abfolue fur leur Seigneurs & Souverains; & comme leur domination ne s'eft encores étendue jufques à vous, ils ont cru y trouver la Juftice en fon premier efclat, fouffrez qu'ils ne fe trompent pas, & fi dans la conduite de leur Procés fe trou-

A 2

ve

quelque suitte sans suitte, ayez
en quelque indulgence car

L'Esprit, le Caprice & l'Amour
Font rarement mesme sejour.

PROCEZ GALANT

ENTRE

L'AMOUR ET LE CAPRICE.

INTRODUCTION.

Algré les Gens & leur Envie,
Malgré la noire Jalousie,
J'eſtois, je ſuis & je ſeray
Autant des jours que je vivray
Valèt tres-humble & tres-fidelle
De l'adorable Filomelle,
Si par Caprice ou par Amour,
Que l'on l'examine à la Cour,
Non pas à la Cour de Juſtice,
Dans ce cas elle eſt trop novice,
Mais en Cour de Dame Venus
Eſpouſe de Dieu Vulcanus,
Qui dans la geantine Guerre,
(Gens laſſez d'habiter la Terre
Gens, dis-je, eſclatans les Cieux
A deſſein d'encorner les Dieux)

Rembarroit le Ciel de grillades
Pour l'exempter des incartades
De ces terribles gros Geans
Ces grands Vauriens, ces Faineans.
A cette fameufe Deëffe,
Prefidente de la Jeuneffe
Remife eft la Decifion
De la Morale Queftion.

REMARQUE.

J'Entens icy quelque murmure,
Le Juge eft de mauvais augure,
Venus eft Mere de l'Amour,
Et le Fils, dit-on a fon tour
Afin de complaire à fa Mere,
S'acquiert un grand nombre de Peres
Et fait que le bon Dieu Vulcan
Devient cornu comme un Dieu Pan.

SUSPECTATION.

POur ces raifons l'on vous fufpecte,
Cithere, ailleurs l'on vous refpecte
Mais dans le cas de voftre Fils

Sca-

Scachant qu'il vous eſt tant amis
L'on quitte voſtre Cour Auguſte
Pour une ſi belle & ſi juſte
Que ce jeune fleuron d'Amour
S'amorcera dans ſon ſejour.

ADRESSE.

INcomparable Filomelie,
En cette Cour ſi juſte & belle,
Pour Conſeillers & Preſidens
L'on ne veut que vos ſentimens :
Que voſtre fierté ne rebute
Les Supplians & leur diſpute ,
C'eſt le *Caprice* avec *l'Amour*
A vous ils prennent leur recour,
Admettez leur humble Requeſte,
Examinez avec emplette,
Et confrontez, s'il eſt beſoing
Les Preuves avec les Teſmoings.
Puis que vous les avez fait naiſtre
Ils ont chez vous droit de paroiſtre,
Souffrez donc que voſtre equité
Donne la fin à leur Procés,
Ils briguent un meſme partage,

Ils

Ils vantent mermes avantages,
Châcun embellit ſes raiſons
En la maniere des Griſons:
L'Amour veut le droit de naiſſance,
Le Caprice la preſceance
Diſant que dez le premier jour
Il parut ſi-toſt que l'Amour.
Lors que je vous vis, Filomelle,
Ie vous trouvois charmante & belle,
Si-toſt que je vis vos attraits
Mon cœur en ſentoit les effets,
Je vis ſortir de meſme tige
Ce qui me charme & qui m'afflige ,
Je vis naiſtre dans un moment
Mon plaiſir avec mon tourment ,
Mille douceurs & mille peines
Partagoint l'Amour & la Haine,
Mais ce partage d'entre nous
Conſervoit tout l'Amour pour vous.

ADVERTANCE.

QUelqu'un dira que ce melange
Aux bons eſprits paroit eſtrange,
Tout beau, Critiques, la moiſſon

Ne

Ne se fait en toute saison.
Il est du temps qu'on peut tout dire
Et ce qu'on pense & qu'on desire,
Mais il est aussi d'autre temps
Qu'on doit celer ses sentimens.
Je suis au temps de la contrainte,
Je vay mourant parmy la fainte,
Et dans ce pitoyable sort
Tout mon espoir gist en la mort.
Si le Lecteur encor se choque
Pour ces nouvelles equivoques,
S'il croit qu'à force d'embarras
Je raisonne & n'explique pas,
Je veux que le Lecteur m'assomme,
Qu'il m'estropie à coups de Pommes,
Estant dans l'état ou je suis,
S'il ne feroit encore pis.

REQUESTE.

L'Amour donc porte pour ses armes
Les douceurs, les plesirs & charmes,
Il ne doit pas user d'acier
Pour dompter le cœur le plus fier :
Si tost Filomelle visible,

A 5

Son

Son charme me treuvoit fenfible,
Ains à l'Amour, par fa beauté,
Nâquit le droit de primauté.

APPOINTEMENT.

SOit communiqué, par Copie,
Cette Requefte à la Partie,
Pour dire en deans quinze jours
Contre les raifons de *l'Amour.*

RESCRIPTION.

LOrs le Caprice à la mefme heure
(Dit-il) qu'*Amour* prit fa demeure,
J'y entrois en poffeffion,
J'y fis mefme profeffion,
Il vous amadouoit aux charmes,
Je vous chagrinois aux allarmes,
Ce qu'il promit, fut en pourtrait
Ce que je fis, fut en effet.
Lors qu'il enchantoit voftre idée
Je le fis paffer en fumée,
Je dis donc pour conclufion
Son droit n'eft qu'en illufion.

AP-

APPOINTEMENT.

Oyons *l'Amour* faire Replique,
Caprice entier en fa Duplique,
Et pour n'agir à contre fens,
Nous en refervons les Depens.

REPLIQUE.

L'Amour dit, foit que le Caprice
Paffe pour mon Frere & complice,
Et qu'alors que je fais aimer
Qu'à fon tour il puiffe efcrimer
Ains que le Soleil à la Lune
Donne des clartés peu communes,
Sans retrancher de fon état,
Sans perdre un point de fon éclat,
De mefme à luy je communique
Par voye recte & point oblique
Des feus tresbeaux & tres ardans
Sans y perdre mon afcendant,
Moy feul dans mon puiffant Empire
Je fais pleurer & je fais rire,
Je fais d'heureux & mal heureux,

A 6   En

En la Terre auſſi bien qu'aux Cieux,
En perſiſtant donc je raiſonne
Le plus Riche eſt celuy qui donne,
Et qui diſpoſe eſt le plus fort
Ergo Caprice tu as tort.

DUPLIQUE.

CE diſcours ſemble fort plauſible,
Mais je vais le rendre riſible
Repond Caprice en Dupliquant
Et en voicy mon argumant,
Vous le Soleil & moy la Lune
D'accord, mais la bonne Fortune
Vient elle de vous, ou de moy ?
Reſpondez y ſur voſtre foy,
Eſt ce du jour qu'on court la foire
D'amour, ou bien à la nuict noire ?
La nuict ſeule faict tout leur bien.
Rapport aux Hiſtoriciens
Paſſe, que deſſous voſtre Empire
L'on voit ſouvent pleurer & rire,
Mais que vous ſeul feriés ce coup ?
Je mentirois ſi bien que vous.
Sans moy ta Cour ſeroit en friche

Ou du moins des trois quarts moins riche
Alors qu'un Amant mal adret
Va s'echapper de vos lacets ,
Comme un fou vous crié à l'aide,
Caprice mon dernier remede,
A l'aide, accourés vitement
Sauver l'Amour du monument.
Et encor d'une audace extreme
Je vous entens nommer vous mesme
Le bienfaiteur & donateur
Mais c'est de beaux vents, ou je meur
Venant donc à la Conclusive
Aussi bien què la Positive
Elle est sans hesitation.
Passée à denegation
Frivolités , Impertinance
Avec toute son accointance
Concluant comme cy devant
Et sur tout le Juge implorant

RELATION.

LA cause estant ainsi concluë,
La Sentence presque concuë,
Il vint le deffiant Amour

L'heure

L'heure derniere & dernier jour
D'un trait de page treshabile
Servir de Requeſte Civile,
Mais admires ſa trahiſon,
Il y depeint ma paſſion.

REQUESTE CIVILE.

Fllomelle a ſceu me ſurprendre
Dit il, quand moins je dus me rendre,
A peine avoit elle treize ans
Elle ne parut plus enfant,
Mais un peu moins auſſi que fille ;
Telle qu'on la veut en Seville,
Partant j'eus des emotions
Qui paſſoient l'admiration.
Auſſi elle eſtoit dans cet age
Si belle, ſi galante & ſage,
D'un port ſi beau d'un air ſi doux
Que je crus en devenir fou,
Du moins j'en revenois ſtoïque,
Morne, triſte, melancholique,
Homme ſans rime & ſans raiſon
Tout propre aux petites maiſons,
Moy meſme je ne pus comprendrē

Comme

Comme d'un œil si jeune & tendre,
Un cœur aussi fier que le mien
Se laissa vaincre en moins de rien !
En effet une seule œillade,
(L'on croiroit une algarade,
Et l'on diroit qu'avec froideur
Je contrefais bien le railleur)
Non, non, treve de raillerie,
Je ne suis pas aux Comedies,
Icy je parle en serieux
En vous jurant que ses beaux yeux
Me piquoint jusqu'au fond de l'ame
D'une tres violante flame,
Mais qui le plus estonnera ,
D'un feu qu'elle ne sentoit pas.
Et qu'àlors je n'osois luy dire ,
Car elle n'auroit fait qu'en rire,
Aussi ridicule seroit
Conter un mal qu'on ne croiroit,
Pour m'esquiver donc aux disgraces
Je courus terres , eaux & glaces ,
Le pays du Zud & du Nord
Mais vains étoint tous mes effors.
Ny la Hollande ny l'Espagne,
Ny la France, ny l'Allemagne,

Ny

Ny le Suedois, ny le Dannois,
Par tout leur chaud, par tout leur froid,
Quoy que je leur criois à l'aide,
Ne me scavoint donner remede,
Difans ne point trouver écrit
Le moyen de guerir l'efprit.
Alors à part moy je raifonne,
Si par tout mon mal me talonne,
S'il faut en tout Pays fouffrir
Sans aucun efpoir de guerir,
Retournons donc au pays méme
Qu'habite la beauté que j'aime,
Faifons fur nous un noble effort,
Vuidons à fes pieds noftre fort
Filomelle n'eft pas Tigreffe,
Declarons le mal qui nous preffe
Approchons nous de fes beaux yeux,
Nos foupirs fe plaindront des mieux,
Si-toft nos voiles r'étenduës
Il nous fembloit fendre les Nuës,
Les Vents qui nous favorifoint
Icy bien toft nous conduifoint.
A peine j'eus le pied en terre,
Mon cœur courut aux vielles guerres,
A tous momens il friffonnet

D'A-

D'Amour , de crainte & de refpet ,
Et lors une Dame maligne,
Du nom de Femme tres indigne,
Me rapportoit imprudemmant
Filomelle eft au monument:
Quoy la Filomelle que j'aime !
Celle qui eft la beauté méme!
Filomelle eft parmy les morts !
O Ciel, donnés moy méme fort !
M'écriay-je & laiffés moy fuivre
Celle que je ne veus furvivre !
Ha mort ne perds pas un moment !
Suivons la belle au monument !
Mon ame donc ainfi geinée
Fut pitoyablement trainée
Fuiant toujours de lieu en lieu,
Blamant les Enfers & les Cieux,
Je m'en allay jufqu'à Bruxelles,
Sur le tombeau de Filomelle,
J'allois pour y finir mes jours,
Mais, ô grand Miracle d'amour !
Dieux, que ce jour s'immortalife !
J'allois , j'y vins jufqu'en l'Eglife,
J'y vis vivans ces yeux fi beaux ,
Ces yeux que je crus au tombeau,

Celle

Celle enfin que j'avois pleurée,
Et pour qui j'avois recitées
Des Miferere & Profundis
Pour le moins quatre mil & dix,
Enfin je la treuvois vivante
Centfois plus belle & plus charmante,
Je la treuvois telle qu'un Dieu
N'aima jamais en fi beau lieu,
Auffi mon ame extafiée
Ne fera point raffafiée
De la voir, l'adorer, cherir
Jufques à mon dernier foupir,
Voila mon recit veritable
Juge tout grand tout admirable,
L'amour y brille avec exces
Souffres qu'il foit joint au Proces

RAISONS D'IMPERTINANCE

Caprice, en perdant patiance,
Pour fes raifons d'Impertinance,
Dit que ces galimatias
Sont autant d'alleluias
Apres une Meffe chantée,
Enfin la fourbe eft eventée.

L'Amour

L'Amour dit que bien tendrement
Il l'aimoit déz ses jeunes ans,
Qu'il soit : mais fuïr ce que l'on aime
Ma foy c'est la folie méme,
Si tel qui aimera , fuira,
Que fera tel qui haïra ?
Ses marches d'Espagne , Allemagne
Ne sont que marches de coquagne ,
Dont il revenoit tres coquet,
Jaseant d'amour en perroquet ,
Il badine d'une autre sorte,
Disant , la Filomelle morte
L'attiroit jusqu'à son tombeau ,
Ha bonne viande des Cotbeaux,
Bien mieux valoit une potance
Pour averer vostre constance,
La potance fait l'Homme noir
Tout autant que le desespoir,
Donc Filomelle morte attire
Bien plus qu'alors qu'elle respire ?
Et lors que Filomelle vit
L'on l'adore mais on la fuit ?
C'est trop s'amuser aux reprises,
Amant , je gage ma chemise
Qu'à vous voir d'un à l'autre bout

L'on

L'on vous prend pour un maiſtre fou,
Ains contre vos raiſons croteſques
Repriſes dans ces vers burleſques
Et contre leur objection,
Je conclus à rejection.

VERBAUX.

JUge tout Divin & tout Juſte
Dans voſtre Tribunal Auguſte,
Exempt de la Reviſion,
L'on pourſuit la Deciſion,
Du cas de l'Amour & Caprice,
De leur plaiſir & leur ſupplice,
Avant d'aller au Deciſif,
L Caprice offre ce Motif.

MOTIF.

NOus deux avons ny corps ny ame
Partant nous ſommes chers aux
Dames,
Et par tout où nous nous portons
Nous faiſons des Venus Junons,
Amantes & enjalouſées,

Et

Et des malcontentes Medées
Qui au fort de leurs paſſions
Nous tuent d'imprecations.
D'autres qui vont bruſler Chandelle
Pour acquerir un cœur rebelle,
D'autres qui font autant & pis
Pour conſerver un cœur acquis,
Nous ſommes donc deux inviſibles,
Les Aſſaillans des Inſenſibles,
Les grands Guerriers, les Boutefeux,
Enfin nous ſommes les grands Dieux,
Les Diſpenſateurs des Delices,
Les Diſtributeurs des ſuplices,
Les Vainqueurs des grands Conquerans,
L'Ame & l'Eſprit de voſtre Amant,
Enfin ce n'eſt pas une Fable,
Nous ſommes Dieux nous ſommes
　　Diables,
Mais & ces Diables & ces Dieux
(Ou bien le fleau de tous les deux)
Relevent de vous leur Empire
Sans vous, nous ne ſcavons quoy frire
Sans vos beaux yeux & vos appas
Nous ſommes Gueux comme les Rats.
Il ne nous eſt pour faire breche

Ny'main, ny bras, ny arc, ny fléche,
Et les traits que nous decochons
C'eſt chez vous que les empruntons.
Voſtre Amant ſe plaint de ſa flame,
Vous ſeule avez percé ſon ame
Il crie à nous, Caprice, Amour
Venez tous deux à mon ſecours,
Non, vous avez fait la navrure,
C'eſt à vous a faire la cure,
Il fut, il eſt, & il ſera,
Autant de jours qu'il en vivra,
Valet tres-humble & tres-fidelle
A vous, aimable Filomelle,
Eſſayez en, il eſt diſcret
Confiez luy voſtre ſecret.

SENTENCE.

Nous ayans au long viſitées,
Et meurement conſiderées
La Requeſte du Suppliant,
Reſcription du Reſcribant,
Enſemblement & la Replique,
Avec la ſuivante Duplique,
Requeſte Civile, qu'Amour

A

A reſervie en noſtre Cour,
Et les Raiſons d'Impertinance
Que le Caprice nous avance ,
Veu qu'en leur allegations
Il eſt des contradictions,
D'ailleurs que dans cette matieré
Nous n'avons aſſez de lumiere
Pour diſcerner ſi cet Amant
Merite en tout noſtre agréement,
Nous, voulans pleine cognoiſſance,
Declarons de bonne ſciance,
Que les Parties à grand ſoing
Prouveront leur faits par Teſmoing.
Prononcé le vingtjeſme Octobre
Le Mois des douze le plus ſobre
L'an mil ſix cens ſeptante ſept
Seellé de noſtre Seel Secret,
Signé par noſtre Secretaire
Commis à nos Secrets Affaires,
Et Conſeiller au Cabinet,
Meſſire George Badinet.

REQUESTE.

R Emontrent l'Amour & Capricé
Tousjours prets à voſtre ſervice

Grand

Grand Juge nous vous remontrons
D'avoir dit tout ce que ſcavons.
Donnez vous la peine de lire,
Nos eſcrits vous pourront inſtruire
D'avoir ébauché le pourtrait
D'un Amant fidelle & parfait,
Sans vanité nous pouvons dire
Que pour vous il pleure il ſoupire,
Qu'il ne paſſe ny nuiḉt ny jour
Sans vous dreſſer des vœux d'Amour.
Il vit dans des inquietudes
Et des violances tres-rudes,
Des craintes, apprehenſions
Tres dignes de compaſſion.
Pour vous ſa flame eſt toute pure,
Sa bouche & ſon eſcrit l'aſſure,
Il vous nomme dedans ſes vers
Le Miracle de l'Univers.
Dans ſon eſprit (il le faut croire)
Il butte à vous combler de gloire,
Oüy, s'il eut le pouvoir aux mains
Vous regneriez ſur les humains.
Nous en faiſons bon teſmoignage
Et vous ſcavez, Juge tout ſage
Que teſmoignage de deux Rois

Vaut

Vaut autant que des autres trois,
Que trois valent toute creance ,
Croyez nous donc sans repugnance,
Et soit par Justice ou pitié
Accordez luy vostre amitié.

RESOLUTION.

HElas qu'une ame curieuse
Revient souvent toute ennuyeuse !
Et que trop d'eclaircissement
Contre nous protege un Amant ?
Caprice, Amour, je vous redoute
Pourquoy me tirez vous de doute ?
Pourquoy venez vous m'averer
Ce que je voudrois ignorer ?
Faut il enfin que j'aille dire
Amour, je suis sous vostre Empire
Cher Amant daignez disposer
D'un cœur qui vous fait tout oster ?
Pourray je endurer cet outrage ?
Ha non ! j'ay par trop de courage !
Mon cœur, faisons donc un effort
Avec mes sens soyez d'accord :
Si quelque feu chez vous rumine

Que nostre Amoureux le devine
Ains nous triomferons tousjours
Malgré le Caprice & l'Amour,
Nous regnerons en Filomelle
Sur un Amant humble & fidelle
Qui le fut, l'est, & le sera
In sæculorum sæcula.

AMEN.

ADVIS.

Messieurs les Brusselois il vous
        prend quelque envie
D'apprendre le beau nom qui possede
        ma vie,
Il est en deux façons en la stance ex-
        primé,
        Avec celuy de l'Autheur méme
Mais si vous les trouvez je veux estré
        abîmé
N'estant point Sorcier à l'extréme.

Or

Or ſus, Meſſieurs prennez ce qu'eſt de
    groſſes Letres
Rangez les, les deux noms y viendront
    a parétre,
Les ſurnoms de tous deux y ſont auſſi
    compris
    Puis ayant veu toutes vos Belles
Vous eſtez bien groſſiers ſi vous n'a-
    vez appris
La veritable Filomelle.

STANCE.

Mon Cœur vous Vous plaignez De
    voſtre Filomelle,
Arrettes vous, Ayez plus de Reſpect
    pour Elle,
Reſſentez les Douleurs que cauſent ſes
    appas
Graves Les en tous lieux, mais qu'ils
    n'avortent pas.

Voſtre mal vous Honore, Et vous
    comble de gloire

ɪn souffrant ou partient aux plus bel-
les victoires,
ʀanger tous Ses desirs Sous l'ɛstendart
d'ᴀmour
ɪncite La plus fiere a se Rendre a son
tour.

Tout homme Genereux souffre tout
sans se plaindre,
ɛt les ᴀmans Rusez doivent languir Et
faindre
ᴅe ce bel ascendant, qui se peut preva-
loir,
ɛst seur de parvenir à bout de son espoir.

Mon cœur Nous nous flatons avec trop
d'imprudence,
ɛlle scait mon tourment, Elle scait ma
constance,
ʀien ne luy plaist partant Et Ie n'es-
pere rien,
sus mon Cœur Sa pitié nous promet
quelque bien.

Es-

Essayons sa douceur par des soupirs
    Et plaintes
l'esprit de Filomelle En aura Quelque
    Attainte,
Lors ses beaux yeux Verront combien
    Ie suis discret,
Et peut Estre aimeront mon amour en
    secret.

Frioul tu me deplait triste est la resi-
    dance,
Les Filles de ceans sont d'un pauvre
    entretien,
Elles ont d'un Canard l'humeur & res-
    semblance,
Le cou long, large bec & grand di-
    seur de rien.

Pour toy j'ay epuisé toute ma com-
    plaisance
Croy mon cœur librement il ne sçau-
    roit trahir
S'il ne te peut aimer donne toy pa-
    tiance

Il faut beaucoup pour toy , s'il ne te
    veut haïr.

Mes Filles de frioul ne t'en afflige pas
Quand tu possederois des plus char-
    mans appas,
Mon cœur est prevenu d'une flame si
    belle

Que Venus ny Junon, Pallas ny leur
    attraits
Ne pouvans égaler l'aimable Filomelle,
Ne pourront, comme toy l'émouvoir
    à jamais.

Ce Proces de galanterie
Ne Contenant rien dedans soy
Qui soit contraire à nostre Foy,
Peut joüir de l'Imprimerie,
Ainsi jugé au Mois Novembre,
A dix jours prez du mois Decembre,
L'an mil six cens septante sept
Lors que vin nouveau l'on beuvet.
                        A. E. J. O. V.